Maria Poblete

Lucie Aubrac –
»Nein zum Nationalsozialismus«

Für Alberto und Violeta,
die hoffentlich niemals
Faschismus erfahren werden.

Maria Poblete

Lucie Aubrac – »Nein zum Nationalsozialismus«

Aus dem Französischen
von Carolin Wiedemeyer

Anaconda

Die französische Originalausgabe erschien 2008
unter dem Titel *Lucie Aubrac: »Non au nazisme«*
bei Actes Sud in Arles. Lizenzausgabe mit freundlicher
Genehmigung.

Die Deutsche Bibliothek verzeichnet diese Publikation
in der Deutschen Nationalbibliografie; detaillierte bibliografische
Daten sind im Internet unter http://dnb.ddb.de abrufbar.

Umschlagmotive: Lucie Aubrac, © Manuel Meszarovits /
www.meszarowits.com (oben). – 9. Parteitag der NSDAP
(September 1937), Foto: akg-images (unten)
Umschlaggestaltung: Druckfrei. Dagmar Herrmann, Köln
Satz und Layout: Andreas Paqué, www.paque.de
Printed in Czech Republic 2012
ISBN 978-3-86647-840-4
www.anacondaverlag.de
info@anacondaverlag.de

1 Informieren bedeutet Widerstand leisten

(Clermont-Ferrand, September 1940)

»Erinnern Sie sich? Wir waren ziemlich erschüttert!«

»Oh ja, es war schrecklich, es schwarz auf weiß zu sehen: ›Juden und Hunde verboten‹! Was für eine Genugtuung, dieses Plakat abzureißen!«

In der verrauchten Brasserie in Clermont-Ferrand unterhalten sich Lucie Aubrac und Jean Cavaillès leidenschaftlich. Sie reden laut. Jean gerät in Zorn. Er kennt Deutschland gut. Sieben lange Jahre schon wütet Hitler dort. Die Juden werden verfolgt, ihre Kinder dürfen nicht mehr zur Schule gehen und sie müssen einen gelben Stern tragen. Seit zwei Monaten dürfen sie kein Telefon mehr zu Hause haben. Auch in Frankreich werden sie unterdrückt. Sie sind von bestimmten Tätigkeiten ausgeschlossen, an den Universitäten ist ein Numerus Clausus* von zwei Prozent vorgeschrieben.

Lucie und Jean Cavaillès haben sich 1938 in Straßburg kennengelernt, zwei Jahre zuvor. Sie hatte eine Stellung als Lehrerin für Geschichte und Geografie an einem nicht konfessionellen Gymnasium. Er war Professor für Philosophie.

Sie mochte seine Art, kein Blatt vor den Mund zu nehmen, sein Engagement – schon damals. Die beiden verband eine tiefe Freundschaft, verstärkt durch ihre gemeinsamen fortschrittlichen Anschauungen, ihren Pazifismus, ihre entschiedene Ablehnung des Nationalsozialismus und ihre Liebe zu Pfer-

* Numerus Clausus: Quote, die von der Regierung unter Marschall Pétain eingeführt wurde und die Anzahl von Juden für jeden Beruf (Rechtsanwalt, Architekt …) beschränkte.

den. Damals machten Lucie und Jean lange Reitausflüge im Schwarzwald.

Es ist das Ende der Ferienzeit. Wir schreiben das Jahr 1940, die Lage ist angespannt. Das Land ist besetzt. Frankreich ist die einzige Nation mit einer Regierung von Nazi-Deutschlands Gnaden im eigenen Land. Nach dem Waffenstillstand vom Juni 1940 haben sich Pétain und seine Kollaborateure in Vichy niedergelassen. Frankreich ist in zwei Zonen geteilt. Die von den deutschen Truppen besetzte Zone im Norden und die Zone unter der Herrschaft des Marschalls im Süden.

»In den Zeitungen steht nichts als Blödsinn!, erbost sich Jean. Nichts regt mich mehr auf, als ständig von der ›freien Zone‹ zu hören. Es gibt dort keinen Funken Freiheit. Wir dürfen uns das nicht gefallen lassen. Wir müssen mit allen Mitteln gegen das Vichy-Regime ankämpfen.«

»Sie haben Recht, bekräftigt Lucie, dieser faschistische Hampelmann ist unselig und gefährlich. Ich ertrage es nicht, tatenlos zuzusehen, wie die Deutschen uns weiter missachten und erniedrigen. Sie werden uns noch vernichten.«

»Es kann nicht sein, dass die einfach so weitermachen. Wir müssen unsere Leute wachrütteln!«, ruft er.

Lucie ist voller Zorn. Jetzt oder nie: Sie hat genug vom Abwarten.

Am Nachbartisch flüstern einige Männer miteinander. Auch sie reden über Politik, aber unauffälliger. Nach dem Essen lädt der größte von ihnen die beiden auf einen Kaffee zu sich ein. An dem Tisch sitzen Emmanuel d'Astier de la Vigerie, Journalist; Maître Spanien, Anwalt von Léon Blum; Georges Zérapha, Mitglied der Internationalen Liga gegen Antisemitismus, ein erbitterter Nazi-Gegner, und Jean Rochon, Journalist.

Der Nachmittag vergeht mit endlosen Diskussionen. Sie verabschieden sich mit dem Versprechen, sich wiederzusehen und etwas zu unternehmen. Ja, aber was?

Lucie muss zurück nach Lyon. Sie hat am nächsten Tag Unterricht. Im Zugabteil denkt sie an Raymond, ihre große Liebe, ihren »Jules«, wie sie ihn gerne nennt. Sie ist unruhig. Er hatte Arbeit in einem Patentbüro gefunden, wurde aber von einem Tag auf den anderen entlassen – weil er Jude ist. Ein Bekannter hat ihm versprochen, ihm einen Kontakt zu einem Unternehmen zu vermitteln, das an dem Bau des Flughafens von Bron beteiligt ist. Hoffentlich wird etwas daraus!

Sie kann es kaum erwarten, ihn zu sehen und ihm von diesem wunderbaren Tag zu erzählen. Der Zug macht einen Heidenlärm. Und er rüttelt und rüttelt! Ihr wird ganz übel, wie auf einem Schiff. Lucie ist im zweiten Monat schwanger. Aber trotz der anhaltenden

Stöße überkommt sie eine große Müdigkeit und sie fällt in tiefen Schlaf.

Zwei Tage später ist schulfrei für die Schüler – und auch für die Lehrer.

Emmanuel d'Astier de la Vigerie kommt am frühen Abend bei Lucie und Raymond vorbei. Früher als vorgesehen ist er aus Clermont-Ferrand zurückgekommen. Die Ereignisse fordern ein baldiges Wiedersehen. Er erzählt ihnen von der Gruppe, die er zusammen mit einem Flieger gegründet hat. Sie nennen sich »La dernière colonne«. Der Besuch wandelt sich zu einer politischen Versammlung. Sie dauert fast die ganze Nacht, noch existiert die Ausgangssperre nicht.

»Wir können nicht länger dulden, dass all diese falschen Informationen in Umlauf gebracht werden. Wir müssen unbedingt andere Nachrichten verbreiten, die wahren. Wir müssen die Menschen darüber ins Bild setzen, was wirklich passiert. Es ist unerträglich«, sagt er.

Lucie ist wieder in Rage. Sie hält eine Zeitung in der Hand, auf deren Titelseite die vermeintliche Landung der Deutschen an der englischen Küste verkündet wird.

»Völliger Unsinn!«, ruft sie. »Und das Schlimmste ist, dass die Leute diesen Quatsch auch noch glauben. Die Zeitungen werden zensiert. Sie lügen, was das Zeug hält.«

Die anderen stimmen zu. Lucie fährt fort.

»Wir beginnen mit kleinen Handzetteln, die wir wo immer möglich ankleben. Vorhin, als ich die Uferstraße entlangging, habe ich einige ›V‹-Zeichen gesehen, für ›Victory‹, mit Holzkohle gezeichnet. Es gibt noch andere Menschen in Lyon, die wie wir ihre Hände nicht in den Schoß legen. Lasst uns anfangen! Mit Holzkohle, mit Kreide, mit egal was. Der Feind muss merken, dass wir viele sind, sehr viele!«

»Ja, richtig, wir müssen sie bluffen!«

Lucie ist in einer merkwürdigen Stimmung, sie ist ganz euphorisch. Voll Begeisterung sagt sie:

»So kann es nicht weitergehen. Wir müssen die Menschen aufrütteln. An die Arbeit!«

Am übernächsten Tag wollen sie sich wieder treffen. Aber sie müssen vorsichtig sein. Die französische Polizei liegt auf der Lauer. Sie verfügt über Spezialeinheiten, die nach Widerstandskämpfern suchen, nach Gegnern des Vichy-Regimes. Lucie und ihre neuen Freunde sind nicht mehr als eine Handvoll. Sie haben nicht die Erfahrung einer Untergrundorganisation oder die Disziplin der Kommunistischen Partei. Sie müssen erst lernen, sich anders zu verhalten, ihr Leben aufzuteilen bis ins kleinste Detail: parallele Leben zu führen, die sich nicht überschneiden.

Zunächst ist es ihr Ziel, mehr Leute zu rekrutieren, immer mehr. Jeder versucht, neue Freiwillige anzuwerben, bei Freunden, Angehörigen, Arbeitskollegen, Nachbarn ... Dazu muss man erst einmal das Gelände sondieren, über dies und das plaudern, um den Gesprächspartner abzuklopfen … dann mit ihm diskutieren und ihn für sich gewinnen. Sie müssen dabei sehr vorsichtig sein. Man kann nie wissen. Überall lauert Verrat, die Leute reden! Sie verabschieden sich voneinander und erinnern sich gegenseitig ein letztes Mal an die Vorsichtsmaßnahmen.

Lucie und Raymond sind wieder allein zu Hause. Lucie hat das Gefühl, nur Sandkörner zu bewegen. »Aber die Sandkörner werden zu Bergen, ganz sicher«, träumt sie.

»Ich habe gehört, Lulu, dass die Sammellager sich immer mehr füllen.«

»Ja, ich habe auch davon gehört, in der Schlange vor dem Metzger heute Morgen. Die Leute fangen an zu reden, die Frauen haben es satt: Die Läden sind leer, wir können unsere Kinder kaum noch ernähren. Manche Dinge im Leben kann man hinnehmen, andere nicht. All das, was zur Zeit passiert, ist unannehmbar, so einfach ist das!«

(Lyon, März 1941)

Emmanuel d'Astiers Gruppe, »La dernière colonne«, existiert nicht mehr. Die neue Gruppe, »Libération-sud«, braucht Geld, um Papier für die Flugblätter zu kaufen und um Zimmer zu mieten, in denen durchreisende Mitstreiter in Lyon versteckt werden können. Ein Mittelsmann von General de Gaulle, der den Widerstand von England aus zu organisieren versucht, füllt die Kassen der Bewegung. Er heißt Yvon Morandat. Dank der Unterstützung aus London kann die Gruppe weitere Schritte unternehmen. Flugblätter allein genügen nicht mehr, eine Zeitung wird ins Leben gerufen. Sie heißt »Libération«. Durch die Zeitung können wiederum neue Freiwillige rekrutiert werden.

Lucie hält die Ausgabe vom 2. August 1941 in den Händen. Gleich wird sie einige Exemplare in der Post vergessen, ein oder zwei wird sie in den Ablagefächern der Lehrer am Gymnasium deponieren. Die Botschaft ist klar, das Vichy-Regime wird zutiefst verurteilt:

»Nachdem wir mit ansehen mussten, wie unsere Armee so schnell und vollständig unterging wie der kleinste Staat (...), müssen wir erfahren, wie unsere Republik ausradiert wird und das Wort nichts mehr gilt. Ein Marschall liefert unser Reich Stück für Stück aus. (...) Wie er sich auf groteske Art und Weise vorführen lässt, ist die größte Schmierenkomödie, die je zu sehen war. Er entehrt das Land mit infamen Gesetzen, mit einem Judenstatut, mit Konzentrationslagern und einem Heer an Spitzeln.«

Mademoiselle Laru ist seit einem Monat Direktorin des Gymnasiums. Sie wurde von der Vichy-Regierung eingesetzt und folgt auf Madame Brunschwig, einer Physikerin, die früher mit Marie Curie als Laborantin zusammengearbeitet hat. Der Rauswurf von Madame Brunschwig aufgrund des neuen

Judenstatuts empört Lucie und die anderen Lehrer.

Mademoiselle Laru mit ihrem strengen Haardutt, dem anthrazitgrauen Kostüm und einer stets etwas säuerlichen Miene weiß, warum sie den Posten hat. Sie ersetzt ihre Vorgängerin, die der Obrigkeit als zu lax erschien. Und sie wird das auf keinen Fall mehr dulden. Sie sammelt Berichte über Lehrer, die sie als zu »kommunistisch« einschätzt. Dabei verbirgt sie das keineswegs, sie erzählt jedem, der es hören will, wie gerne sie diese Lehrer erwischen würde. Was Mademoiselle Laru aber nicht weiß, ist, dass der Schulrat diese zu aufrührerischen Lehrer deckt.

An diesem Morgen studiert die Direktorin ein Attest, das ihr die Sekretärin auf den Tisch gelegt hat. Madame Samuel*, eine der drei Lehrer für Geschichte und Geografie, ist krankgeschrieben. Der Arzt hat ihr zwei Wo-

* Samuel ist der richtige Nachname von Lucie Aubrac.

chen Ruhe verordnet. Mademoiselle Laru nimmt den medizinischen Bericht genau unter die Lupe: Röntgenaufnahmen, medizinische Behandlungen, Bescheinigungen über die Notwendigkeit der Behandlung einer alten Tuberkulose.

»Schade, dass sie nicht ansteckend ist, dann könnte ich den Schulrat informieren und sie auf diese Weise loswerden«, träumt sie. »Die bereitet mir Unbehagen.«

Lucies Personalakte enthält bereits einen Brief aus dem letzten Jahr, den sie mit anderen Lehrern unterzeichnet hat, die sich weigerten, die Schüler zu einer Wanderausstellung zu begleiten, die den Nationalsozialismus verherrlichte.

Die Krankenakte von Lucie ist umfangreich. Neben ihrer alten Tuberkulose umfasst sie Untersuchungsergebnisse, die ihr eine große Erschöpfung aufgrund ihrer zweiten Schwangerschaft bescheinigen, sowie eine Neigung zu Anämie. Natürlich ist das alles falsch. Der Arzt, der ihr Komplize ist, heißt Doktor Riva. Es ist der Arzt, der Boubou (Kosename von Lucies Sohn Jean-Pierre) schon seit seiner Geburt begleitet. Der Arzt hat sehr schnell verstanden, was Lucie wirklich macht.

Sie stillte Boubou noch, als der Arzt ihr ein völlig ausgehungertes Neugeborenes brachte. Dessen Eltern, deutsche Juden, die noch rechtzeitig vor der Polizei gewarnt worden waren, konnten das Kind nicht mit auf die Flucht nehmen. Lucie hat das Baby ernährt, bis sie es den Großeltern übergeben konnten.

Dr. Riva ist es auch, der Medikamente, Arztkittel, Stethoskope und gefälschte Atteste für einige Einsätze der Résistance beschafft! Und manchmal versteckt er auch während eines Spezialauftrags eine Gruppe von Kameraden irgendwo.

Lucie kann gehen. Mademoiselle Laru hat den Antrag abgezeichnet. Sie hat auch keine andere Wahl. Außerdem will sie keinen Skandal. Keinen Wirbel. Kein Problem.

Lucie will nach Bordeaux reisen, um sich mit alten Kollegen zu treffen, die sie als neue »Briefkästen« zu rekrutieren hofft. Die Bewegung braucht ganz dringend Personen, über die man Sympathisanten in Bordeaux Nachrichten zukommen lassen kann. Aufgabe erfüllt: Ginette und Madeleine sind bereit, als Briefkasten zu dienen. Nun müssen die beiden ihrerseits Freunde finden, die sie ersetzen können, wenn sie Scherereien bekommen.

2 Parallelleben

Lucie steigt auf ihr Fahrrad. Eine der Satteltaschen ist für ihre Schulunterlagen, die andere für Lebensmittel, die sie hier und da auftreibt.

(Montceau-les-Mines, Mai 1920)

Sie fährt Fahrrad, seit sie auf zwei Beinen stehen kann. Das Fahrrad war schon immer fantastisch dafür, sich ein wenig Freiheit zu verschaffen. Als sie klein war, in Montceau-les-Mines, wo ihre Eltern sich als Weinbauern niedergelassen hatten, war das Fahrrad das einfachste Fortbewegungsmittel für den Weg zur Schule. Es war auch das sicherste

Mittel, um sich heimlich fortzustehlen! Lucie liebte die Schule. Sie wusste – und ihre Mutter sagte es ihr wieder und wieder –, dass sie später dank der Schule einen guten Beruf erlangen würde.

Aber diese guten Voraussetzungen hinderten sie nicht daran, gelegentlich auszubrechen. Sogar regelmäßig. Sie ließ die Luft aus einem Reifen und kam viel zu spät, nachdem sie jede Menge Zeit vertrödelt hatte. Sie liebte es, diesen Hauch der Freiheit zu spüren. Sie liebte es, die Welt in einem Moment zu sehen, in dem sie gar nicht da sein sollte.

An diesem Morgen, als Lucie zur Schule fuhr, dachte sie an ihre Lehrerin. Das letzte Mal, als sie wieder einen (selbst verursachten!) Platten hatte, ließ die Lehrerin sie vor Schulende losfahren, damit ihre Eltern sich keinen Sorgen machten. Ein anderes Mal gab sie Lucie sogar Flickzeug, um den Reifen zu reparieren.

(Lyon, Februar 1943)

Diesen Freiheitswillen hat sich Lucie bewahrt. Und in dem von deutschen Truppen besetzten Frankreich verteidigt sie ihn mit Zähnen und Klauen.

Auf ihrem Weg zur Place Edgar-Quinet fällt ihr Blick auf ein Plakat mit einem Aufruf der Präfektur von Lyon an die Bevölkerung. Sie stellt ihr Fahrrad ab und liest:

»Erneut wurde im Raum Lyon ein schweres Attentat gegen die Einsatztruppen verübt. 25 deutsche Soldaten wurden heute Morgen durch einen Sprengsatz verletzt, den ein Fahrradfahrer gezündet hat. Erste Verhaftungen sind bereits erfolgt. Folgende Maßnahmen werden ergriffen: 1) Alle öffentlichen Einrichtungen (Cafés, Theater, Kinos…) werden um 19.30 Uhr geschlossen. Die Straßenbahnen stellen ab dieser Uhrzeit ihren Betrieb ein. 2) Jeglicher Verkehr zwischen 20 Uhr abends und 6 Uhr morgens wird verboten.

Zuwiderhandelnde werden verhaftet. Die Bevölkerung wird aufgefordert, ruhig und besonnen zu bleiben. Wir erwarten, dass sie mit allen ihr zur Verfügung stehenden Mitteln und wie es das Gesetz verlangt der Polizei helfen wird, den oder die Attentäter zu fassen. Lyon, 25. Januar 1943. Gezeichnet Angeli, Regionalpräfekt.«

Lucie traut ihren Augen nicht. Ihr wird übel. Sie kann sich nicht vorstellen, dass französische Bürger dazu bereit sein sollen, Mitbürger zu denunzieren. Wie grässlich! Und dann die Ausgangssperre … Heute Abend muss sie sich beeilen, nach Hause zu kommen. Aber vorher muss sie noch zu einem Freund. Morgen Abend soll eine Versammlung stattfinden, die müssen sie absagen und diese Information möglichst schnell verbreiten. Sie müssen ein neues Datum finden.

Noch unter Schock betritt Lucie den Klassenraum. Unter ihren Schülern gibt es zahlreiche jüdische Kinder, manche erst kürzlich aus dem Ausland angekommen. Sie neigt dazu, diese Schüler besser als die anderen zu behandeln. Sie weiß sehr gut, dass ihr Leben nicht einfach ist. Pétain lässt zu, dass Ausländer aus Zentraleuropa oder aus Deutschland, die aus ihren faschistisch gewordenen Heimatländern nach Frankreich geflohen sind, verhaftet und an die Nazis ausgeliefert werden. »Was für eine Schande für unser Land!«, denkt die junge Lehrerin, bevor sie mit ihrer Geografiestunde über Bodenschätze beginnt.

Wenn sie ihre Schüler betrachtet, wird sie an ihre eigene Jugend erinnert. Damals wollten ihre Eltern, dass sie die Grundschullehrerinnen-Ausbildung absolvierte und in das Internat ging, in dem alle Mädchen Uniform trugen. Aber Lucie hatte andere Pläne. Vor allem hasste sie Uniformen! Und dann wollte sie ihr Abitur bestehen und an der Universität studieren, um Lehrerin an einem Gymnasium zu werden. Also ging sie gegen den Willen ihrer Eltern mit siebzehn Jahren nach Paris und schrieb sich an der École Normale Supérieure ein.

In Paris erhielt sie ein Stipendium für einen Deutschlandaufenthalt. Das war im Jahr 1929. Dort erlebte sie einen großen Widerstand gegen den Krieg. Sieben Jahre später, 1936, fanden die Olympischen Spiele in Berlin statt. Lucie war noch Studentin und wurde dorthin eingeladen.

Sie sah Hitler auf der Tribüne, der mit ansteigender Wut dabei zusah, wie Jesse Owens, der afroamerikanische Läufer und Weitspringer, Goldmedaillen einheimste! Eine, zwei, drei … Bei der vierten schlug Hitler die Hacken zusammen und verließ die Tribüne. Der Antisemitismus der Nazis widerte Lucie an. Und dennoch gab sie sich selbst in Deutschland manchmal als Jüdin aus. Nur aus Provokation …

Sie fühlt sich ein bisschen verantwortlich für ihre Schüler. Sie hat das Gefühl, sie beschützen zu sollen – und ihnen die Welt zu öffnen. An diesem Morgen, während der Stunde über Bodenschätze, die natürlichen Ressourcen, macht sie bewusst, dass auch die Besatzungsmacht natürliche und menschliche Ressourcen verschlingt. Dann leitet sie über zum Untergang der Dritten Republik 1940. Sie erklärt ihren Schülern, dass Frankreich früher Zeiten der Unterdrückung erlebt hat und nun erneut Unterdrückung erleiden muss! Doch zwischenzeitlich waren die Franzosen auch freie Bürger mit Wahlrecht! Ihre Schüler haben alle einen Bruder, einen Onkel, einen Nachbarn, einen Freund, der zur Zwangsarbeit nach Deutschland gehen musste. Oder der angekündigt hat, dass er gehen wird. Was Lucie ihnen nicht sagt, ist, dass die Widerstandsbewegungen, darunter die »Libération-sud«, ihnen bei der Fahnenflucht helfen. Die Deserteure engagieren sich künftig im Maquis*, treten Widerstandsbewegungen bei oder werden Teil der »Groupes Francs«**.

Sie wird Claire Meunier genannt. Ihr richtiger Name ist Judith Cohen. Pierre hat sie rekrutiert, der Chef der Abteilung für gefälschte Papiere bei »Libération-sud«. Anfang des Jahres wurde sie von einem Funktionär der »Libération-nord« nach Lyon geschickt. Sie weiß, dass sie in Paris von der Gestapo gesucht wird. Als Jüdin musste sie schon mehrfach ihre Identität wechseln. Das erste Mal, als die Vichy-Regierung im Dezember 1942 das neue Gesetz einführte, nach dem der Vermerk »Jude« im Ausweis zu stehen hatte. Seitdem ist sie fest beim Dienst für gefälschte Papiere. Und dort macht sie sich sehr gut.

Pierre - mit - den - falschen - Papieren stellt Claire und Lucie einander vor, da er glaubt,

* Maquis heißt eigentlich Busch und steht für ein Versteck bewaffneter Widerstandsgruppen. Im übertragenen Sinne werden mit »Maquis« die Widerstandskämpfer bezeichnet, die Guerillaeinsätze gegen die Besatzungsmacht führen.

** Groupes Francs: Gruppen von jungen Leuten, die sich auf direkte Aktionen spezialisiert haben: Plakate anbringen, Flugblätter verteilen, Schutzaufgaben, Fluchthilfe, Sabotageakte.

dass sie sich gut verstehen werden. Beide sind redegewandt, gut im Organisieren, und sie haben die gleiche Leidenschaft für Worte und Poesie. Claire kommt oft zu Raymond und Lucie in die Avenue Esquirol nach Lyon. Sie liebt diese familiäre Atmosphäre, die Wärme eines Zuhauses. Ihre eigene Familie ist in alle Winde verstreut: zwei Brüder sind in einem Transport mit unbekanntem Ziel gelandet, eine Schwester ist verschollen, die Eltern sind in den Südwesten des Landes geflüchtet.

Lucie und Raymond bekommen viel Besuch zu Hause, Freunde wie Unbekannte. Lyon wird zur Hauptstadt des Widerstands: Sie kommen aus Clermont-Ferrand, Marseille, Toulouse. Neue freundschaftliche Verbindungen entstehen. Man tauscht Informationen aus und ermutigt sich gegenseitig.

Zu jener Zeit muss man jede Menge Papiere bei sich tragen: Personalausweis, Lebensmittelkarten, Bezugsscheine für Stoff, Kleidung,

Schuhe, Benzin, ärztliche Atteste, Freistellungen von Zwangsarbeit, Passierscheine, um die Demarkationslinie* überqueren zu können.

Claire hat viel zu tun. Die Nachfrage nach gefälschten Papieren steigt mit der Zahl der Widerstandskämpfer, die in den Untergrund gehen, und derjenigen, die sich der Zwangsarbeit entziehen wollen. Man muss wissen, welche Städte 1940 von der deutschen Luftwaffe bombardiert wurden und deren Stadtarchive zerstört sind. Diese werden dann als Geburtsort eingetragen. Hinweise bekommen sie von Angestellten der Präfektur. Sie verfügen über große Karteien mit Identitäten von Menschen, die ins Ausland gegangen sind, die Kriegsgefangene sind oder Franzosen, die nach Algerien oder Tunesien gegangen sind. Durch die falschen Personalien erhält man eine legale Basis mit allen dazugehörigen Lebensmittel-, Textil- und Tabakkarten. Ge-

* Die Demarkationslinie trennt über fast 1.200 Kilometer die besetzte Zone von der freien Zone.

burtsurkunden, falsche Entlassungspapiere aus dem Militär und Wohnsitzbescheinigungen verhelfen bei den Behörden zu einem vollständigen Satz an Lebensmittelkarten und zu echten Personalausweisen.

Für alle gilt die Vorsichtsregel: Bei einem Namenswechsel sind sämtliche alten Papiere, einschließlich der Versorgungskarten, zu verbrennen.

Pierre-mit-den-falschen-Papieren hat inzwischen eine ansehnliche Sammlung an Kartenmustern, Passierscheinen und Behördenstempeln. An diesem Abend bereitet Claire einen vollständigen Satz für einen jungen Mann vor, der gerade von einer Groupe Franc rekrutiert wurde. Sie wühlt in einer riesigen Kiste mit allen möglichen Stempeln. Da, sie hat ihn gefunden. Er bekommt einen Polizeiausweis. Das ist perfekt!

In der Avenue Esquirol sind Fenster und Fensterläden geschlossen (auch im Sommer, selbst wenn man dann drinnen fast erstickt!). Man sollte vermeiden, einen etwas zu dienstbeflissenen Nachbarn in Versuchung zu bringen, die Familie zu denunzieren. Spitzel werden zur Zeit gut entlohnt. Es ist 21.30 Uhr. Die beiden sitzen dicht vor dem Radio. Die Störungen der Deutschen hören nicht auf. Ah, endlich kann man es hören. Es ist die Stunde der BBC. Lucie und Raymond machen sich Notizen für ihren nächsten Artikel.

In der Résistance ergeben sich Veränderungen: All die jungen Leute, die sich dem Arbeitsdienst entziehen wollen, sie müssen untergebracht, versorgt, betreut und auch mit Waffen ausgestattet werden! Die Maquis-Organisation arbeitet sehr dezentralisiert. Erst an Ort und Stelle kann man sehen, wie die Gegebenheiten sind, und handelt entsprechend.

»Aber Lucie, wir haben zu tun«, ruft Raymond. Maurice und Serge bringen mir bald

Neuigkeiten. Sie waren in den Bergen und haben sich dort etwas umgetan.

Das Treffen mit Serge und Maurice soll in einem Haus in der Rue de l'Hôtel-de-Ville stattfinden. Als Raymond an der Tür läutet, öffnet ihm ein Polizeibeamter mit vorgehaltener Pistole. Im Esszimmer erwartet ihn sein Mitstreiter Maurice Valrimont unter Polizeibewachung. Es klingelt. In der Tür erscheint Serge Ravanel, Raymonds anderer Mitstreiter, ebenfalls mit einem Polizisten zu seiner Seite. Alle drei werden verhört, aber ihre Papiere sind in Ordnung. Sie werden wegen Schwarzmarkthandels* verhaftet. Für die Polizei heißt Raymond François Vallet. Er wohnt in der Rue Sainte-Clotilde. Und dazu hat er auch den Hausschlüssel in der Tasche. Bei der

* Schwarzmarkt: Paralleler Markt, entstanden während der Besatzungszeit wegen der auferlegten Rationalisierungen. Dort gab es überteuerte Güter, die ansonsten nur schwer zu beschaffen waren.

Durchsuchung seiner falschen Unterkunft findet man einige Kilo Zucker. Die Männer werden in das Saint-Paul-Gefängnis gebracht, aber die Polizei ahnt nicht, dass sie drei führende Köpfe der Geheimarmee der Widerstandsbewegung Libération-sud eingesperrt hat, unter ihnen Raymond, Stellvertreter von General Delestraint, dem Chef der Armée secrète!

Einige Häuser weiter erfährt Lucie, dass ihr Liebster wegen Schwarzmarkthandels festgenommen wurde. Ein befreundeter Anwalt beantragt noch am selben Tag die einstweilige Freilassung, wie es üblich ist bei so einem kleinen Vergehen.

3 Lucies Mut

Die Vorschriften sind klar. Im Falle einer Verhaftung müssen alle Briefkästen gewechselt werden, ebenso alle Codewörter, die Unterschlüpfe müssen geräumt und neue Verstecke gesucht werden. Die Verbindungsleute müssen ausgetauscht und die falschen Identitäten geändert werden.

Raymond wurde gestern verhaftet. Lucie läuft zu der Wohnung auf dem Croix-Rousse, der Zweitwohnung von »François Vallet«. Sie räumt alles weg, die Kleidung, das Waschzeug, die Bettwäsche. Sie nimmt eine Sammlung Briefe von Madame de Sévigné an sich. Raymond benutzt diese Briefe, um seine Botschaften und Berichte zu chiffrieren. Ein unlösbarer Code!

Sie läuft zu Claire, dann zu ihrem Cousin Maurice. Möglichst viele Menschen müssen gewarnt werden. Ein Freund wird am Nachmittag Raymonds Briefkasten zerstören. Das geht ganz einfach: ein Schlag mit dem Hammer auf den Briefkasten und jeder weiß, dass der Besitzer erwischt wurde!

Einige Tage vergehen. Lucie geht zum Unterricht, als sei nichts geschehen. Auf dem Weg zur Schule hält sie beim Leichenschauhaus. »Ich halte durch, ich halte durch«, sagt sie sich, wenn sie dort hinfährt. Auch an diesem Morgen, zum dritten Mal in dieser Woche, geht sie zur Gerichtsmedizin. Die Angestellten dort haben Fotoapparate, mit denen sie die Leichen ablichten, die Leichen der Männer, die auf der Straße von der Gestapo ermordet wurden. Die Aufnahmen dienen zur Identifizierung durch die Ehefrauen, Mütter und Verwandten.

»Atme ganz ruhig, durch die Nase. Und jetzt los.« Lucie atmet tief ein und ballt die Fäuste.

Nein, Raymond wurde nicht hierher gebracht. Das bedeutet, dass er – vielleicht – noch am Leben ist.

Sie trägt eine geblümte Bluse und einen lila Hut. Tadellos sieht sie aus. Sie hat die Privatadresse des Oberstaatsanwalts herausgefunden. Ein echter Kollaborateur, der vor den Deutschen buckelt. Lucie weiß, dass er ein Feigling ist und ein Angsthase auch.

Um 13.00 Uhr hört sie bei der BBC die persönlichen Botschaften. Eine von ihnen erregt ihre Aufmerksamkeit: »Erklimmt weiter die Berge.« Es ist möglich, dass die Botschaften am Abend um 21.30 Uhr wiederholt werden. Möglich, aber nicht sicher. Egal, sie bricht auf. Selbstsicher und ruhig.

Sie trägt dem Staatsanwalt ihre Geschichte vor, ohne Unterbrechung, ohne Atempause:

»Sie haben einen Mann namens François Vallet im Gefängnis. Zweimal haben Sie es abgelehnt, seine einstweilige Haftentlassung zu unterschreiben. Ich komme im Namen General de Gaulles, der Vallets Vorgesetzter ist. Wenn Sie morgen im Justizpalast nicht unterschreiben, wenn Vallet am Morgen des 14. Mai nicht frei ist, werden Sie am Abend die Sonne nicht untergehen sehen. Zum Beweis dessen, was ich sage: Hören Sie heute Abend ausnahmsweise einmal BBC! Unter den persönlichen Botschaften werden Sie folgende hören: ›Erklimmt weiter die Berge‹. Die ist für Sie bestimmt. Vergessen Sie nicht: ›Erklimmt weiter die Berge‹.«

Der Staatsanwalt stammelt ein leises »Ja, Madame«, fast unhörbar. Er spürt den Schweiß an seinem Hals herunterrinnen.

Lucie zittert am ganzen Körper, als sie auf ihr Fahrrad steigt und nach Hause fährt. Sie möchte am liebsten schreien, vor Traurigkeit, vor aufgestauter Wut. Ihr Liebster im Gefängnis, ihre Kameraden eingesperrt, und niemand außer Claire, mit dem sie reden kann.

Aber sie darf ihre Freundin nicht überstrapazieren. Je weniger man voneinander weiß, umso besser!

»Ich muss stark sein, ich darf nicht zur Last für sie werden, ich muss ihnen zeigen, dass ich das alles schaffe, auch wenn ich eine Frau und Mutter bin!«

Der Tag war hart und beschwerlich. Maria, die Kinderfrau von Boubou, ist zu Hause.

»Ihre Freundin Claire war hier. Sie hat mir gesagt, dass sie kurz Besorgungen macht und dann wiederkommt.«

Claire trifft ein.

»Unter der Mirabeau-Brücke …«, sagt sie.

»… fließt die Seine«, antwortet Lucie hinter der Tür.

Sie kann öffnen. An diesem Abend bleibt Claire über Nacht bei ihrer Freundin. Morgen wird sie in aller Frühe das Haus verlassen. Sie muss eine Nachricht überbringen.

Lucie erzählt von ihrer Liebe zu Raymond. Sie erinnert sich an diesen 14. Mai 1939, als er sie von dem Gymnasium in Straßburg, wo sie unterrichtete, abholte.

»Wir empfanden die absolute Liebe füreinander, nicht einfach nur Liebe auf den ersten Blick! Es war mehr! Wir haben uns geschworen, dass wir unser Leben lang jeden 14. Mai zusammen verbringen werden.«

21.30 Uhr, die Stunde der BBC. »Erklimmt weiter die Berge.« Die Botschaft wird gesendet.

Lucie erzählt ihrer Freundin nichts von ihrem Gespräch mit dem Staatsanwalt. Sie will Claire da heraushalten. Es ist zu riskant. In dieser Nacht macht sie kein Auge zu.

Am nächsten Tag späht sie seit Morgengrauen ständig aus dem Fenster. Schon bald sieht sie Raymond kommen.

Er kann es kaum erwarten, sich zu waschen, sie in die Arme zu schließen und zu reden, zu reden! Zwei Monate sind vergangen. Er beschreibt das Saint-Paul-Gefängnis. Zwar wurden er und seine beiden Kameraden von der französischen Polizei verhaftet, aber verhört hat sie auch die Gestapo.

»Aber wie ist das möglich? Französische Polizisten, richtige Beamte, keine faschistischen Militärs, gehorchen den Deutschen! Es ist unfassbar, dass französische Polizisten Franzosen ausliefern, die dem französischen Recht unterstehen!«

Lucie ist außer sich. Sie ist wütend. Sie weiß, dass Vichy und Hitler reibungslos zusammenarbeiten. Aber jetzt hat sie es am eigenen Leib erfahren. Und das bringt sie in Rage.

An diesem Morgen hat Lucie erst um 10.00 Uhr Unterricht. So hat sie Zeit, um bei Pierre-mit-den-falschen-Papieren vorbeizuschauen. Am Vorabend hat Claire mitgeteilt, dass die neuen Papiere für Raymond bei seiner Freilassung fertig seien.

»Claude Ermelin, ledig, Einzelkind, geboren in Sedan, im April aus Tunesien repatriiert, wo er beim Militär war, bis die US-Amerikaner kamen. Hier sein Demobilisierungsbescheid. Raymond soll sich seine neue Identität schön einprägen. Durchsucht seine Wäsche auf eingestickte Initialen, Namen von Schneidern oder Reinigungen. Was die alten Papiere angeht, die müsst ihr sofort verbrennen. Allen Ernstes! Auch die Lebensmittelkarten, die Tabak- und Kleidungsmarken!«

Lucie hält die Papiere an sich gepresst. Sie hofft, dass sie Raymond außer Gefahr bringen. Seit drei Wochen schon wechselt er von Versteck zu Versteck. Seine einstweilige Entlassung, vom Staatsanwalt unterschrieben, hat schließlich doch Misstrauen geweckt. Raymond wird überall gesucht. Er muss ganz dringend jemand anderes werden.

4 Spezialgebiet: Fluchthilfe

Kraft gibt Lucie eine Groupe Franc, die zwei Monate zuvor gegründet wurde. Nach einer missglückten Entführung, die eine Reihe von Verhaftungen nach sich zog, hat die Bewegung beschlossen, sich von erfahrenen jungen Leuten helfen zu lassen, die auf solche Aktionen vorbereitet sind. Sie sind in den Umgang mit Waffen eingewiesen und trainiert im Straßenkampf. Sie sind Fluchtspezialisten. Kameraden aus den Klauen der Feinde zu befreien, das ist ihr Ding.

Lucie leitet die Operationen vor Ort. Für die zehn Jungs ihrer Groupe Franc ist und bleibt sie Catherine, das ist ihr Deckname.

»Ich habe Angst«, denkt Lucie, »aber ich weiß, dass wir es schaffen werden. Ich ertrage es nicht, die Freunde in den Kerkern der Gestapo zu wissen.«

Lucie ist entsetzt über die schrecklichen Dinge, die den Juden angetan werden. Letzte Woche ist die kleine Lehmann, eine ihrer Schülerinnen, nicht mehr zur Schule gekommen. Niemand weiß, was aus ihr geworden ist. Eine Mitschülerin ging zu ihr nach Hause. Es hat niemand aufgemacht, der Briefkasten quoll über und die Fensterläden waren geschlossen. Was ist passiert? Was geschieht mit uns? Lucie hat Angst, dass sie nicht durchhält, aber im Moment überwiegt die Wut ihre Angst.

Gestern ist es ihr gelungen, die Mitstreiter, die mit Raymond verhaftet wurden, vom Gefängnis in die Arrestabteilung des Krankenhauses von Antiquaille verlegen zu lassen. Wieder war es Dr. Riva, der ihr bei der Beschaffung von Medikamenten geholfen hat. Sie haben eine starkes Fieber auslösende Substanz in Süßigkeiten verpackt. Ein gefälliger Wärter hat den Gefangenen die Bonbons zugesteckt.

Diese Aktion wird zu ihrem Markenzeichen, sie ist ein Beweis ihres Könnens. Lucie hat sich entschieden: Da sie darin einiges Geschick hat, wird sie künftig nur noch Fluchtvorhaben organisieren. Regel Nr. 1: Ihre Aktionen sehr gut planen. Regel Nr. 2: Nichts dem Zufall überlassen!

Saint-Étienne, September 1943.

Drei weitere Kameraden befinden sich im Gefängnis von Saint-Étienne. Dank der »guten« Medikamente schickt Lucie sie ins Krankenhaus. Aber das Krankenhaus wird von der Gestapo überwacht. Lucie betritt das imposante Gebäude mit Unschuldsmiene. Sie bewegt sich, als ginge sie hier täglich ein und aus. Auf der Toilette zieht sie den weißen Kittel hervor, den sie von einem Freund bekommen hat, legt sich das Stethoskop um den Hals und geht ganz selbstverständlich in einen der Krankensäle. Die Schwestern grüßen sie im Vorbeigehen!

Sie tritt an ein Bett, prüft die Fieberkurve, das Aufnahmedatum, die Diagnose, die Indikation. So macht sie sich mit diesen Blättern vertraut, für alle Fälle. Eine Woche lang kommt sie jeden Tag und macht die gleichen Handgriffe, grüßt Ärzte und Krankenpfleger. Und die Leute gewöhnen sich an ihre Anwesenheit. Am dritten Tag geht sie auf die Station im ersten Stock, wo ihre Freunde liegen. Sie notiert die Namen auf den Blättern, es sind die Personalien der Häftlinge, die Namen, unter denen sie die Gestapo kennt und die sie bei der Verwaltung nennen müssen.

Das Stethoskop um den Hals, beugt Lucie sich über Brust und Rücken eines jeden.

»Wir kommen euch morgen Nachmittag holen, wie zu einem Gestapo-Verhör. Haltet euch bereit. Spielt eure Rolle … aber übertreibt nicht!«

Am Tag X warten die drei Freunde auf Lucie.

Die Groupe Franc kann sich ans Werk machen. Lucie alias »Catherine« hat alles organisiert. Aber diesmal bleibt sie in zweiter Reihe, sie wartet vor dem Eingang des Krankenhauses. Los geht's. Die drei Männer der Groupe Franc dringen brutal in das Zimmer ein, gefolgt von einem Krankenpfleger und dem Direktor – der die Verhaftung zu verhindern versucht.

»Deutsche Polizei, ziehen Sie sich an! Es geht zum Verhör!«

»Aber meine Herren, das sind Kranke, die mir zur ärztlichen Versorgung vom Saint-Paul-Gefängnis überstellt wurden. Ich kann sie nicht einfach gehen lassen!«

»Sie halten den Mund!«

Zwei Stunden später sitzen Lucie und Claire vor einer Tasse seltsam schmeckenden Kaffees.

»Also, erzähl!«

»Du kannst dir nicht vorstellen, wie glücklich ich über den Erfolg dieser Operation bin.

Ich war mir bis zuletzt nicht sicher, ob der Arzt die drei gehen lassen würde. Er ist einer von uns, das ist sicher. Wenn der wüsste!«

»Das ist so gut für die Moral, eine gelungene Flucht! Bei aller Übermacht der Polizei des Vichy-Regimes und der deutschen Polizei zeigt es doch den Zusammenhalt innerhalb der Résistance!«

»Ja, das stimmt, die Jungs der Groupe Franc haben gute Arbeit geleistet! Sie sind sehr stark geworden, schnell und schlau!«

»Komm, trinken wir dieses komische Gebräu auf ihr Wohl!«

Der Tisch ist gedeckt. Es gibt nicht viel zu essen heute. Maria, die Kinderfrau von Boubou, hat eine sehr klare Suppe mit Steckrüben gemacht, verfeinert mit ein paar Streuseln Estragon, und einen Löwenzahnsalat.

»Sie brauchen ein paar Proteine, in Ihrem Zustand ermüden Sie sonst zu schnell.«

»Ja, ich weiß, wir erleben wirklich eine

schlimme Zeit. Sie lassen die Bevölkerung verhungern. Ich verspreche dir, Maria, ich klappere alle Lebensmittelhändler ab, um ein wenig Zucker aufzutreiben. Dann werde ich einen kleinen Kuchen machen. Von gestern haben wir noch ein Ei. Keine Sorge, das wird schon gehen. Nächste Woche besuchen wir meine Tante Jennie in Besanceuil. Dort können wir zu erträglichen Preisen ein Kaninchen, etwas Sahne, ein paar Eier und vielleicht auch ein bisschen Wurst kaufen!«

Maria ist beunruhigt. Lucie ist im zweiten Monat schwanger und Boubou gerade zwei Jahre alt – beide brauchen eine gesunde Ernährung.

Mit ein bisschen Glück und Warten bekommt Lucie einige Brühwürfel und Zucker … Normalerweise hat sie mit ihren Lebensmittelkarten der Kategorie K8 Anspruch auf 250 Gramm Zucker zusätzlich, weil sie schwanger ist … so wie Kinder und Schwerstarbeiter.

5 In den Fängen der Gestapo

(Caluire, Juni 1943)

19.00 Uhr, Place Tolozan, am Fuß der Hänge von Croix-Rousse, nicht weit vom Ufer der Rhône. Raymond ist nicht zum verabredeten Treffen gekommen. Das ist beunruhigend. »Niemals kommt einer zu spät«, denkt Lucie. Aus Prinzip haben alle gelernt, pünktlich zu sein. Angesichts der deutschen Polizei und der Miliz, die sich mittlerweile auskennen, ist Pünktlichkeit geboten! Es ist zu gefährlich, sich lange mitten auf der Straße aufzuhalten, in diesen unsicheren Zeiten.

Lucie geht zu ihrem Cousin Maurice. Er weiß schon, was passiert ist, ein Nachbar hat ihn gewarnt:

»Die Gestapo hat eine Razzia bei Dr. Dugoujon in Caluire gemacht, sie haben alle festgenommen!«

Die Versammlung in Caluire war wichtig. Lucie und Raymond haben am Vorabend darüber geredet. Nach der Verhaftung von General Delestraint, dem Chef der Geheimarmee, vor 14 Tagen musste die Führungsebene komplett umstrukturiert werden. Jean Moulin alias »Max«, Sondergesandter de Gaulles, hat Raymond angeboten, oberster Leiter der Nordzone zu werden. Raymond ist in der Gegend unbekannt und Lucie kann schnell eine Stellung als Lehrerin in Paris bekommen.

»Es ist ganz einfach, hat Raymond ihr gesagt, alle männlichen Lehrer sind einberufen!«

Lucie war einverstanden:

»Also gut, wir gehen nach Paris. Einer hilft dem anderen, bis zum Ende und für den Sieg.«

Lucie versucht, sich zu sammeln. Maurice steht vor ihr. Es ist das erste Mal, dass sie ihn beunruhigt sieht.

»Das ist furchtbar, Maurice!«

»Mach dir keine Sorgen, meine kleine Lulu, wir holen sie da raus. Das verspreche ich dir.«

Sie dürfen keine Zeit verlieren, müssen schnell die Verstecke aufgeben, die Freunde warnen und vor allem herausfinden, wohin die Verhafteten gebracht wurden. Lucie ist außer sich vor Wut. Sie geht zu Bertrand, einem befreundeten Verbindungsmann, um ihn zu warnen. Zuerst streift sie ein wenig um das Haus herum. Der Fahrradladen hat nicht das Zeichen für »Gefahr« gesetzt, ein Dreirad auf dem Bürgersteig. Sie betritt das Haus. Das Herz schlägt ihr bis zum Hals. Aber der Druck ist zu groß, sie kann nicht zurück.

Sie packt ein paar Sachen ein, wickelt sie in eine Zeitung – nicht in die »Libération«, das ist zu riskant; niemals behält sie ein Exemplar dieser Zeitung länger als zwei Stunden in ihrem Haus, auch das ist zu gefährlich. Sie nimmt ihr Fahrrad und fährt zum Gefängnis von Montluc. Am Eingang gibt sie ein Paket für Claude Ermelin ab. Fünfzehn Minuten später erhält sie ein Wäschepaket zurück! Auf der Zeitungsseite mit dem Kreuzworträtsel hat Raymond einige Kästchen ausgefüllt. Sie liest »maxwell«. Das ist einfach zu entschlüsseln: Sie sind da, in der Festung von Montluc, sie sind am Leben und Max geht es gut.

Wieder zu Hause, kann sie ihre Sorge nicht verbergen. In der Küche sind die Fenster vom Dampf beschlagen. Der Wasserkessel köchelt auf dem Gasherd.

»Was ist los? Sie sehen müde aus!«, sagt Maria.

»Die erste Zeit einer Schwangerschaft macht mich immer müde«, antwortet Lucie. Sie zögert einen Moment.

»Ich muss dir sagen, dass Raymond heute nach London abgereist ist, um General de Gaulle zu treffen. Er ist dort mehr von Nutzen. Morgen werde ich Boubou in ein Kinderheim aufs Land bringen.«

»Sie haben Recht, die Landluft wird ihm gut tun. Und außerdem bekommt er dort bessere Nahrung! Sorgen Sie sich nicht um Ihren Mann, er kommt bestimmt bald wieder; dieser schreckliche Krieg wird nicht ewig dauern!«

»Ich hoffe, dass du Recht behältst.«

Lucie geht in ihr Zimmer. Sie ist am Rande eines Nervenzusammenbruchs. Sie reißt ein Blatt Papier aus einem Schulheft und wie ein junges Mädchen, das gewissenhaft Tagebuch führt, schreibt sie einige Zeilen: »Heute habe ich Hass kennengelernt, wahren Hass, und ich schwöre, dass sie dafür bezahlen werden.« Dann besinnt sie sich und streicht durch, was sie gerade geschrieben hat, nimmt ein Feuerzeug und verbrennt das Papier. Ihre Gedanken schweifen ab, sehr weit… Sie macht einen guten Schulabschluss und soll den logischen Schritt gehen und Grundschullehrerin werden. Das ist der Wunsch ihrer Eltern. In letzter Sekunde verweigert sie Uniform und Internat. Sie ist jung. Sie will leben! Wenn es weiter nichts ist – ihre Eltern setzen sie vor die Tür. Sie geht nach Paris und verdient als Spülerin in einem Restaurant ihren Unterhalt. Sie macht ihr Abitur, schreibt sich an der École Normale ein und studiert dort. »Nie in meinem Leben konnte mir jemand befehlen, den Mund zu halten oder mich unterzuordnen. Ich werde Raymond niemals in den Händen dieser Folterknechte lassen.«

Der kleine Junge erwacht aus seinem Mittagsschlaf.

»Wo ist Papa?«

»Er ist verreist, mein Schatz. Er kommt bald wieder.«

Lucie kann die Tränen kaum zurückhalten. Sie ist entkräftet. Sie muss Boubou dringend wegbringen, ihr geliebtes Kind, ihren Schatz – die Lage wird zu gefährlich für ihn.

Bei Maurice findet eine Versammlung mit den Kameraden der Groupe Franc statt. Sie müssen die Gefangenen rausholen. Das Gefängnis angreifen? Zu riskant. Lucie hat eine andere Idee: Sie wird zu Klaus Barbie gehen, dem Chef der deutschen Polizei in Lyon. Aber davon erzählt sie den anderen erst einmal nichts … außer Pierre-mit-den-falschen-Papieren und ihrer Freundin Claire.

An diesem Abend sitzt sie mit Claire zusammen. Es ist die Stunde der BBC. Grenier, ein kommunistischer Abgeordneter, aus dem Lager von Châteaubriant geflohen, redet heute im Radio: »Seit 1095 Tagen ist Paris besetzt.« Er spricht von einer ausgehungerten Stadt, von Gefängnissen voller Patrioten, von der

Radrennbahn in der Nähe des Eiffelturms, wo man die während des Tages verhafteten Juden hinbringt. Er sagt: »Man hört das herzzerreißende Weinen der Mütter, denen die Kinder entrissen werden, um sie ohne jegliche Erkennungszeichen in Umerziehungsheime des verfluchten Reiches zu schicken.« Lucie läuft es kalt den Rücken herunter. Ihr ist kalt. Eiskalt. Sie stellt sich Boubou vor, der seinen Namen vergisst, seine Eltern und in einer eisigen Welt aufwächst. Brrr! Dieses Haus ist kalt wie eine Grotte. Aber das ist unmöglich, es ist Mitte Juni!

Zusammen mit Claire überlegt sie sich eine Identität, mit der sie sich bei Barbie vorstellen will. Lucie Aubrac existiert nicht mehr. Sie ist jetzt Ghislaine de Barbentane. Diesen Namen hat sie in Erinnerung an die Comtesse de Barbentane gewählt. Bis 1923 hat sie mit ihren Eltern und ihrer kleinen Schwester im Schloss von Plessis bei der Comtesse gewohnt. Lucies Vater war dort Gärtner, ihre Mutter Milchfrau.

Wie im alten Feudalsystem erhielt die Familie für ihre Dienste einen Teil der Ernte, der Rest war für die Schlossherrin.

Lucie erinnert sich, dass sie in den Jahren im Schloss viel gearbeitet hat (sie begleitete ihre Mutter in den Wald zum Holz suchen). Und sie erinnert sich an den bitteren Geschmack der Demütigung. Sie war zehn Jahre alt. Die Comtesse hatte einen Papagei. Eines Tages flog er weg und die Comtesse bot fünf Francs demjenigen, der ihn wiederfand. Das war viel zu der Zeit, fünf Franc!

Lucies Vater fand den Vogel und gab ihn seiner Tochter. Somit hätte sie die Belohnung bekommen sollen. Aber so ein Papagei, der beißt. Lucie blutet … Ohne sich etwas anmerken zu lassen, macht sie wie immer einen Knicks, als sie das Zimmer betritt. Sie nähert sich der Comtesse und … die fängt an zu schimpfen! »Du schmutzige kleine Göre! Du blutest alles voll, mach, dass du rauskommst!« Lucie bekommt keinen Centime.

Und nun nennt sie sich wie die Comtesse. Das ist nicht riskant, sie ist nach Marokko ausgewandert. Jetzt kann Lucie sich rächen, indem sie sich den Namen dieser schrecklichen Frau aneignet, dieser alten Schachtel!

Die Metamorphose beginnt. Erst die Haare, sie werden leuchtend rotbraun gefärbt. Dann das Gesicht: ein diskretes Make-up, ein leicht blauer Lidschatten, ein Hauch rosafarbenes Rouge auf die Wangen. Dann der Schmuck: glänzende Ohrringe, zurückhaltend, aber elegant. Schließlich die Kleidung: ein gut geschnittenes Kleid, ein Hut, hohe Absätze.

So geht also Ghislaine de Barbentane zwei Tage nach den Verhaftungen von Caluire die Stufen der École de la santé in der Avenue Berthelot hinauf, wo sich die Gestapo eingerichtet hat. Und ebenso dreist betritt sie einfach das Büro von Klaus Barbie.

»Was wollen Sie?«

Er ist der Leiter der deutschen Polizei. Klein, unscheinbar – das ist also der Mann, der die Welt in Angst und Schrecken versetzt?

»Ich bin auf der Suche nach meinem Verlobten. Er hatte einen Arzttermin, da er krank ist, und ist nicht zurückgekehrt. Ich mache mir Sorgen. Man hat mir gesagt, er sei im Gefängnis. Ich ersuche Sie, ihn so schnell wie möglich freizulassen, seine Gesundheit ist angegriffen.«

»Wie heißt Ihr Verlobter?«

»Claude Ermelin.«

»Seit wann kennen Sie ihn?«

»Seit einem Monat.«

»Gehen Sie wieder, Madame, dieser Mann ist ein Terrorist. Er heißt nicht Ermelin, sondern Vallet. Er wird ganz sicher nicht freigelassen.«

Lucie weint und das ist nicht gespielt! Sie spürt, wie ihre Beine wegknicken, hier mitten auf der Treppe. Sie schafft es noch zu ihrem Cousin Maurice – dann bricht sie zusammen.

Es ist zwei Monate her, seit Raymond von der Gestapo verhaftet wurde. Heute Abend ist Claire vorbeigekommen, um Radio zu hören und ein bisschen zu plaudern. Lucie muss reden, reden und reden. Seit Raymond gefangen ist, hat sie ihre Kontakte zur Bewegung eingeschränkt. Man kann nie wissen, vielleicht wird sie beschattet. Aber sie hat das Bedürfnis, sich jemandem anzuvertrauen. Und sie kann nicht mehr warten.

Lucie erzählt ihrer Freundin von der Rückkehr ihres Vaters – sieben lange Jahre nachdem er 1914 an die Front gegangen war. Nach dem Krieg wurde er für tot erklärt, Lucie und ihre Schwester Jeanne gelangten als Kriegswaisen unter staatliche Fürsorge. Ihre Mutter musste sich als Hausmädchen verdingen, um ihren Lebensunterhalt zu verdienen. Die Mädchen, Lucie und ihre Schwester, lebten bei der Großmutter.

»Und eines Tages, als ich neun Jahre alt war, kehrte unser Vater zurück! Meine Mutter hatte ihn wiedergefunden. Nach dem Krieg war er in einer Anstalt interniert gewesen, da er sein Gedächtnis verloren hatte. Für meine Schwester und mich war er ein Unbekannter. Wir wussten nicht, wer dieser Mann ist. Es war ein Albtraum. Um nichts in der Welt möchte ich, dass mein Sohn etwas Ähnliches wie ich erlebt.«

»Der Krieg ist grausam.«

»Als ich als Studentin in Deutschland war, habe ich eine Gruppe pazifistischer Studenten demonstrieren sehen. Es gab eine große Bewegung gegen den Krieg. Ich war unter ihnen. Du kannst dir nicht vorstellen, wie nahe ich mich ihnen und ihrem Kampf fühlte.«

»Wir kriegen sie dran, die Freiheit wird über die Barbarei siegen!«

Lucie verwendet ihre Zeit nun auf die Vorbereitung der Flucht. Ihr Plan ist, sich als Tochter aus gutem Hause auszugeben, einem Soldatenhaushalt, schwanger von Claude Ermelin. Sie wird einen deutschen Oberleutnant überreden, eine Gegenüberstellung mit Raymond zu veranlassen und eine Eheschließung »in extremis«, in letzter Minute zu genehmigen.

Dem Oberleutnant erklärt sie, dass sie unmöglich eine ledige Mutter sein könne, das verstoße gegen ihre Ehre und die ihrer Familie!

»Es gibt eine Möglichkeit für Männer, die zum Tode verurteilt sind, vor ihrer Hinrichtung zu heiraten«, bittet sie.

»Aber dieser Mann wird das nicht wollen«, antwortet er.

»Genehmigen Sie eine Gegenüberstellung und wir werden sehen!«

»Einverstanden!«

Der Oberleutnant stimmt zu.

Lucies Plan nimmt konkrete Formen an. Bei der Überstellung von der École de la santé, dem Hauptquartier der Gestapo, zum Gefängnis wird die Entführung stattfinden.

An diesem Morgen, bei Sonnenaufgang, prüft Lucie noch einmal alle Punkte. Am Bahnhof von Saint-Rambert, einige Kilometer von Vaise, kontrolliert sie, ob Raymond nicht woanders hingebracht wird, im Zug. Zur Zeit werden die Gefangenentransporte über diesen Bahnhof abgewickelt. Befreundete Eisenbahnarbeiter halten sie über jede Bewegung auf dem Laufenden. Ein Transport kommt. Eine Gruppe von ungefähr dreißig Juden muss in den Zug steigen. Unter ihnen erkennt Lucie eine ehemalige Schülerin mit einem Baby im Arm. Ein Feldwebel gibt ihr einen so heftigen Fußtritt, dass das Baby mit voller Wucht auf die Erde fällt.

In der École de la santé findet das Treffen mit Raymond statt. Er steht vor ihr, ohne Handschellen, blass, unrasiert. Er ist seit drei Monaten im Gefängnis.

»Ich kenne diese Person nicht.«

»Sehen Sie, Madame, diese Banditen haben keine Moral!«

Lucie versucht, Raymond klarzumachen, dass er mitspielen muss, aber er versteht nicht sofort. Als er begreift, akzeptiert er sofort die Heirat … »in extremis«, vor seiner Hinrichtung.

Der Tag, an dem die Heiratsurkunde unterschrieben werden soll, ist auf nächste Woche festgelegt. Es ist die längste Woche in Lucies Leben. Mit den Jungs der Groupe Franc geht sie nochmal die Einzelheiten für den Überfall auf den Lastwagen durch.

Dann ist der Tag X da. Nach der Unterzeichnung der Urkunde läuft Lucie zu Maurice, um sich umzuziehen. Sie ist ruhig, denn sie hat nichts dem Zufall überlassen. Die Waffen wurden überprüft. Der Weg ist sicher, er ist seit Wochen immer der gleiche. Die Jungs der Groupe Franc sind ausgeruht, trainiert und gut in Form.

Die drei schwarzen Citroën stehen bereit. Sie ähneln den Wagen der Deutschen: gleiche Farbe, gleiches Nummernschild, gleiche Plaketten auf der Windschutzscheibe. Lucie setzt sich auf den Rücksitz eines der Autos. Es ist 17.30 Uhr.

Der Fahrer lässt den Wagen an und folgt dem Lastwagen, der aus dem Gestapo-Hauptquartier kommt. Am Boulevard des Hirondelles gibt Lucie den Jungs ein Zeichen. Auf Höhe der Fahrerkabine des Lastwagens nimmt Daniel seine Maschinenpistole mit Schalldämpfer und schießt auf den Fahrer. Der Lastwagen hält am Straßenrand. Eine wilde Schießerei beginnt. Alle Deutschen werden getötet. In dem Durcheinander wird Raymond von einer Kugel an der Wange getroffen, ein anderer Kamerad erleidet einen Durchschuss durch den Mund. Schnell, Lucie gibt das Zeichen zum Aufbruch. Die drei Citroëns fahren in verschiedene Richtungen davon. Raymond ist frei und mit ihm dreizehn weitere Widerstandskämpfer.

Das Paar ist schnell identifiziert und wird nun von allen deutschen Polizisten sowie von den französischen Vichy-Polizisten gesucht.

Die beiden hasten von Versteck zu Versteck, immer in Begleitung ihres Sohnes Jean-Pierre, genannt Boubou.

»Maréchal, Platz!«

Es ist nicht der alte Maréchal Pétain, den Louise ruft, sondern der alte Hund des Hauses. Louise ist die älteste von drei Schwestern, die Lucie, Raymond und Boubou am 8. Dezember 1943 aufgenommen haben. Ihr Schloss liegt in einem riesigen, etwas verwilderten Park in Villevieux, im Jura. Die drei Schwestern leben hier. Ihr Vater ist im Ersten Weltkrieg gefallen, wie ihr Bruder und Louises Ehemann. Sie sind entschiedene Vichy-Gegner und haben ihren Hund »Maréchal« getauft.

»Schnauze, Maréchal!«, hört man manchmal.

Eines Tages brauchte ein hoher Angehöriger der Résistance vor Ort ein sicheres Versteck für Waffen, die in der Region verteilt werden sollten. Er bat die drei Schwestern um »einen kleinen Gefallen« – tatsächlich einen beachtlichen! Auf das Verstecken von Waffen steht die Todesstrafe.

»Endlich!«, sagten die drei, wir haben uns schon gefragt, wo ihr bleibt! Seitdem dient das alte Schloss als Versteck, als Zwischenstation für Reisen von und nach England.

Am 8. Februar 1944, nach drei langen Monaten des Wartens, fliegen Lucie, Raymond und Boubou mitten in einer Vollmondnacht von einem verlassenen Ort im Jura aus nach London. Gerade kam über den Sender des BBC der Vers von Baudelaire »Im Freudentaumel werden sie abreisen.«

Dieser Vers ist das Zeichen des Aufbruchs zu ihrer großen Flucht. Das Flugzeug bleibt im Morast stecken, aber einige Bauern ziehen es mit ihren Ochsen aus dem Matsch. Und dann können sie endlich starten!

Vier Tage später kommt ihre Tochter in London zur Welt. Ihr Name? Catherine, eines von Lucies Pseudonymen während der Zeit der Résistance.

Auch sie haben Nein gesagt

Nein zum Nationalsozialismus, immer wieder

Der Nationalsozialismus ist in keinem Land der Welt mehr an der Macht, doch seine Nacheiferer sind immer noch zahlreich. Das von Hitler erschaffene Monster wurde besiegt, aber die Wurzeln des Bösen sind noch da und es gibt rund um die Erde zahlreiche Auswüchse. Die Ideen, die Philosophie, die Prinzipien des Nationalsozialismus sterben nicht aus, wegen der Neonazi-Gruppierungen, die immer zahlreicher werden und heimtückisch-diskret ihre Hass-Botschaften verbreiten. Sie sind geprägt von ihrer Faszination an der Zerstörung; in einem Meer von Nazi-Symbolen preisen sie ganz offen ihre Ablehnung von allem, was andersartig ist und Demokratie ausmacht.

Von den Vereinigten Staaten über Frankreich bis Schweden gibt es eine bedeutende Anzahl von Neonazi-Splittergruppen, die Hass und Gewalt verbreiten. Sie rekrutieren Anhänger über Musik, via Internet, wo junge Leute freien Zugang zu den denkbar rassistischsten Webseiten haben. Dort kann man Nazilieder hören. Hakenkreuze überall. Man ist angewidert angesichts der mit makabren und kriminellen Bildunterschriften versehenen Bilder aus Konzentrationslagern.

Der Schweizer Regisseur Daniel Schweizer, der schon Dokumentarfilme über Skinheads gedreht hat, hat fünf Jahre lang mehrere Neonazi-Splittergruppen begleitet, die Anhänger der Bewegungen »White Power« und »Heiliger Rassenkrieg« sind. In seinem jüngsten Film *White Terror** zeigt er die verzweigten Strukturen und den Machtzuwachs extrem rechter Neonazi-Gruppen in Russland, den Vereinigten Staaten und in Schweden. Die Bilder und Informationen, die er bietet, sind so aufschlussreich wie schockierend.

In manchen US-Staaten, etwa in Texas, fordern Rechtsextreme auf Demonstrationen über Megafone, das Land von Schwarzen und anderem »Ungeziefer« zu säubern! Die Propaganda dieser Gruppen verbreitet sich vor allem über das Internet und via DVDs, die über das Internet verkauft werden. Ihre Botschaften sind eindeutig und unverhohlen: Wenn man nichts unternehme, sei die weiße Rasse vom Aussterben bedroht, durch Rassenmischung, Schwarze und Juden. »Diese Hassbotschaft findet immer

* Der Film wurde am 26. März 2007 auf Arte gesendet. Er ist in der Inathek (Institut National de l'Audiovisuel) einzusehen und auch bei YouTube zu finden.

mehr Anhänger«, erklärt Daniel Schweizer, der Regisseur. »Mehr als sechzig Jahre nach dem Zweiten Weltkrieg scheint es absurd, den Nazigruß zu machen, *Sieg Heil* zu rufen und die Überlegenheit der Arier zu preisen, dennoch passiert es!«

Die gründliche Recherche des Dokumentarfilmers beginnt mit den juristischen Folgen des Mordes an dem 19-jährigen Schweizer Marcel von Allmen, der gegen das Schweigegelübde des »Ordens der arischen Ritter« verstoßen hatte, einer Nazi-Splittergruppe. Wenig später verblüfft den Zuschauer ein Interview mit Jäsä, einem prominenten Mitglied der rassistischen Bewegung »Blood and Honour«. Der schwedische Produzent der »Kriegsberichter«-Videos erklärt vor der Kamera unverblümt, wie er die Musik für seine politischen Ziele einspannt. Seine Videos preisen ganz offen die Herrschaft der weißen Rasse und ihre Liebe zu Hitler und dem Nationalsozialismus.

Und was macht die Justiz? Schwedens Gesetzgebung ist relativ lax gegenüber extremistischen Gruppierungen. So finden jedes Jahr im Dezember in der nordschwedischen Stadt Salem Treffen von neonazistischen Gruppen aus der ganzen Welt statt. Sie begehen sie mit Konzerten von rassistischen Gruppen, mit Konferenzen, Kolloquien und feuchtfröhlichen Abenden! »Wir leiden unter totaler Geschichts-Amnesie«, fährt der Regisseur Daniel Schweizer fort. »Heutzutage ist ihr Kampf kein vermeintlich nationalsozialistischer* Kampf, sie befinden sich vielmehr in einem Rassenkampf. Was die französischen, serbischen oder russischen Neonazis verbindet, ist die Botschaft ›Wir sind weiß und wir sind bedroht! Unser Kampf gilt der Erhaltung der weißen Rasse.‹«

* Nationalsozialismus: Politische Ideologie, die Hitler in *Mein Kampf* entwickelte. Sie ist rassistisch und antisemitisch und basiert auf dem Prinzip der Überlegenheit der »arischen Rasse«.

Sein Dokumentarfilm zeigt auch amerikanische Anhänger des Ku Klux Klan, die sich in Russland niedergelassen haben, wo sie unterstützt und begünstigt werden. Eine Botschaft des Schreckens? Das große, weiße Russland ist die Zukunft des weißen Mannes. Kenner schätzen die Zahl russischer neonazistischer Skinheads auf mindestens 50.000. Und die fühlen sich nicht im Mindesten bedroht. Ihre bevorzugten Zielgruppen sind junge Leute ab 13, 14 Jahren, die sich von Hard-Rock- oder Metal-Konzerten angezogen fühlen und Alkohol erste rassistische Tendenzen beflügelt. Es beginnt mit simpler Lust an Provokation. Zehn Jahre später sind diese jungen Menschen Soldaten des Hasses …

Wie kann das sein, mehr als sechzig Jahre nach dem Zweiten Weltkrieg? Es ist ja nicht so, dass wir die alten Nazis nicht verfolgt und gejagt und einige von ihnen auch verurteilt hätten.

1945 waren die Naziführer in die Enge getrieben und hatten zwei Möglichkeiten: Selbstmord oder Flucht. Die Fanatischsten unter ihnen wie Hitler und Goebbels setzten ihrem Leben ein Ende. Und die anderen haben sich versteckt, in der Hoffnung, der Justiz zu entgehen.

Symbolcharakter für ganz Europa hat der Nürnberger Prozess gegen die Hauptkriegsverbrecher, und Symbole zählen viel auf diesem Gebiet. Am 18. Oktober 1945 hält das internationale Militärtribunal seine Eröffnungssitzung in Berlin ab. Einen Monat später wird der Prozess in Nürnberg eröffnet. 24 deutsche Verbrecher, Vollstrecker der Nazi-Kriegsmaschinerie, politische Verantwortliche, Militärs und führende Persönlichkeiten aus der Wirtschaft stehen vor Gericht. Die Anklage basiert auf vier Punkten: Verschwörung, Verbrechen gegen den Frieden, Kriegsverbrechen und Verbrechen gegen die Menschlichkeit.

Das Urteil wird am 1. Oktober 1946 gefällt. Zwölf Angeklagte werden zum Tode verurteilt, drei zu lebenslänglicher Haft, vier zu Haftstrafen zwischen zehn und zwanzig Jahren und drei werden freigesprochen. Zwölf weitere Prozesse werden gegen 177 Personen vor Tribunalen des amerikanischen Militärs geführt. Ärzte, Geschäftsleute, Juristen und Militärs werden zwischen 1946 und 1949 angeklagt und verurteilt.

Aber die Nazis bleiben nicht untätig. Sie gründen die Geheimorganisation ODESSA, Organisation der ehemaligen SS-Angehörigen mit dem Ziel, ehemalige SS-Mitglieder zu unterstützen und, warum nicht, Hitlers Werk fortzuführen und ein viertes Reich zu schaffen.

Die Gesuchten verstecken sich erst in Bayern, durchqueren dann Italien oder Spanien, um schließlich per Schiff nach Lateinamerika zu flüchten. Dort errichten die Nazi-Kreise nach und nach wieder Netzwerke. Die wichtigen Anführer sind hier in Sicherheit, die meisten Länder unterliegen keinem Auslieferungsabkommen. Und konspirativ nehmen sie ihre Arbeit wieder auf …

Einige unterstützen mehr oder weniger diskret die lateinamerikanischen Caudillos*, vor allem in Brasilien, Argentinien, Bolivien und Chile. Andere tauchen unter, ändern ihre Identität, ihr Aussehen und werden vor Ort in der Wirtschaft tätig, manchmal sogar bei Waffenproduzenten.

Die Anstrengungen der Justiz der Alliierten nach dem Krieg waren relativ effizient, doch der Kalte Krieg** brachte alle Bemühungen zum Erliegen. »Der Kalte Krieg war der beste Verbündete der Nazi-Verbrecher«, erklärt

* Caudillo: Spanisches Wort für einen Militärdiktator.

** Kalter Krieg: Periode (1947–1991) der strategischen und politischen Konfrontation zwischen den Vereinigten Staaten mit ihren Verbündeten auf der einen Seite und der UdSSR und den kommunistischen Ländern auf der anderen. »Kalt« hieß dieser Krieg, weil er rein ideologischer Natur war (Rüstungs-Wettlauf, Technologie-Konkurrenz im Weltall, nukleare Bedrohungen etc.).

Serge Klarsfeld, der bekannte Nazi-Jäger aus Frankreich. »Die westliche Seite wollte es sich nicht mit Westdeutschland verscherzen, das an vorderster Linie zum Sowjetblock stand. Aus diesen geopolitischen Gründen hatten die Nazis ungefähr zehn Jahre Ruhe, bis Ende der Fünfzigerjahre.«

Also sind es vor allem die »unabhängigen« Nazi-Jäger, die den Stier bei den Hörnern packen. Simon Wiesenthal hat die Todeslager überlebt. »Wenn man die Geschichte im Rückblick sieht, möchte ich, dass die Leute wissen, dass die Nazis nicht Millionen von Menschen töten konnten und ungeschoren davonkamen«, sagte er. Er hat das Jüdische Dokumentationszentrum in Wien gegründet, später das Zentrum, das seinen Namen trägt. Er hat Nazis niemals selbst verfolgt. Sein primäres Ziel war es, Informationen zu sammeln und auszuwerten. Wenn das Zentrum genügend Hinweise hatte, informierte er die Justiz. Wenn die zuständigen Behörden nicht reagierten, setzte er sie mit starker Medienunterstützung unter Druck. Simon Wiesenthal ließ mit Hilfe der deutschen, israelischen, österreichischen oder anderer Regierungen mehr als tausend Nazi-Verbrecher festnehmen. Seine größten Erfolge waren Adolf Eichmann, einer der Hauptverantwortlichen der »Endlösung«*, Franz Murer, genannt der »Schlächter von Vilnius«, Erich Rajakowitsch, Verantwortlicher für die Deportationen in den Niederlanden, und Karl Silberbauer, SS-Oberscharführer, der Anne Frank verhaftet hat. Simon Wiesenthal starb im Dezember 2005.

Aber zurück zu Serge Klarsfeld. Wir befinden uns in Nizza, es ist der 30. September 1943. Die Deutschen kommen zu den Klarsfelds. Serge erinnert sich: »Mein Vater sagte zu uns: ›Das ist eine Razzia.‹ Wir sind sofort in unser Versteck und mein Vater ging hinaus,

* Endlösung: Politik der Auslöschung der Juden in Gaskammern. Zu diesem Zweck wurden Vernichtungslager gebaut. Das berühmteste war Auschwitz-Birkenau.

um den Schein zu wahren.« Seit die Deutschen den Südosten Frankreichs besetzten, haben die Eltern Klarsfeld Vorkehrungen getroffen: Ein Schrank mit doppelter Rückwand bietet Serge, seiner Schwester und seiner Mutter ein Versteck. Sie sehen den Vater davongehen. Er kommt in Auschwitz um.

Jahre später, bei einer Reise zu dem Lager, fühlt Serge plötzlich »seine Verantwortung gegenüber denen, die gestorben sind«. Seitdem führen er und seine Frau Beate ein neues Leben als Nazi-Jäger. Sie lassen nicht nach, sich für die Wahrheit, die Erinnerung und die Gerechtigkeit einzusetzen.

1966 decken sie die Nazi-Vergangenheit von Kurt Georg Kiesinger auf, Vorsitzender der CDU und deutscher Bundeskanzler. 1970 versuchen sie Kurt Lischka, den ehemaligen Gestapo-Chef von Paris, zu entführen. Die Geschichte um die missglückte Entführung endet in einem deutsch-französischen Rechtsabkommen im Jahr 1977.

Dank dieses Abkommens werden drei hochrangige, einst in Frankreich aktive Nazi-Verbrecher verurteilt: Kurt Lischka, Herbert Hagen und Ernst Heinrichsohn. Die drei ehemaligen Würdenträger des Nazi-Regimes werden zu zwölf, zehn und sechs Jahren Haft verurteilt.

Mitte der Siebzigerjahre entdecken Beate und Serge Klarsfeld dann Klaus Barbie, der sich in Bolivien versteckt hält. Der »Schlächter von Lyon« wird nach Frankreich gebracht und 1987 in Lyon vor ein Geschworenengericht gestellt. Er wird zu lebenslanger Haft wegen Verbrechen gegen die Menschlichkeit verurteilt. Der ehemalige Gestapo-Chef von Lyon, verantwortlich für den Tod des Résistance-Kämpfers Jean Moulin, angeklagt wegen Folterung, Exekutionen und Deportationen, der sich der Justiz Jahrzehnte lang entziehen konnte, stirbt 1991 in Lyon.

Aber das ist nicht alles. Dem Ehepaar Klarsfeld gelingt es auch, Jean Legay, Paul

Touvier, René Bousquet und Maurice Papon festnehmen zu lassen, allesamt ehemalige Führer der französischen Polizei und enge Kollaborateure der Nazis.

Als Klaus Barbie in Bolivien aufgespürt wird, sind Lucie und Raymond Aubrac in Italien, wo sie damals arbeiten. Sie spüren, dass sie sich wieder engagieren müssen, diesmal um Zeugnis abzulegen. Es ist Raymond, der Barbie offiziell identifiziert und so den Beginn des Verfahrens ermöglicht. Und im Jahr 1983, als der einstige Obersturmführer nach Frankreich ausgeliefert wird, stoßen die Medien erneut auf die Razzia von Caluire und damit die Verhaftung von Jean Moulin.

Das Ehepaar Aubrac legt Zeugnis ab. Lucie reist Tausende von Kilometern durch Frankreich und erzählt Schülern und Studenten von der Zeit der deutschen Besatzung und der Résistance. Aber für sie beschränkt sich der Kampf nicht auf die Zeit von 1939 bis 1945. »Widerstand hört nie auf, er ist eine intellektuelle und emotionale Reaktion auf Angriffe gegen die Freiheit der Menschen«, erläutert sie vor dem Centre de documentation pédagogique. Sie engagiert sich gegen das Vergessen, verfasst mehrere Bücher und schreibt Vorworte für zahlreiche andere Publikationen zum Thema Résistance. Lucie Aubrac stirbt im März 2007 in Paris.

Die Jagd auf die letzten Nazi-Verbrecher geht weiter. 2006 setzt das Simon-Wiesenthal-Zentrum die Operation »The Last Chance« in Gang, mit der letzten Chance, noch in Freiheit lebende Nazi-Verbrecher zu fassen. Es sind noch immer Tausende, die niemandem gegenüber Rechenschaft ablegen mussten. Ein Kopfgeld in Höhe von 10.000 Euro wird für jede Information gezahlt, die zu ihrer Verhaftung führen kann. Der Berühmteste unter den Flüchtlingen, Alois Brunner, konnte sich viele Jahre in Syrien versteckt halten. Dieser ehemalige SS-Hauptsturmführer, Kommandant des Durchgangs- und Sammellagers Drancy, wurde 1992 letztmalig in Damaskus gesehen, bevor er endgültig verschwand.

Es sind alt gewordene Menschen, die immer noch versuchen, ihre Verbrechen zu vertuschen. Aber die Chance, sie noch zu ergreifen, verringert sich zunehmend. Sie werden von der Zeit und vom Alter eingeholt … statt von der Gerechtigkeit.

Bis zu ihrem Tod am 14. März 2007 hat Lucie Aubrac für Frieden und Freiheit gekämpft.

Linke Seite:
Lucie Aubrac vor dem Racine-Gymnasium in Paris, zu Anfang des Krieges.

Die Gesetze zur Ausgrenzung der Juden treten in Kraft. Sie verlieren ihre Rechte, müssen einen gelben Stern tragen … bis zu ihrer Deportation.

Am 18. Juni 1940 ruft General de Gaulle von London aus zum Widerstand auf.

25 Juillet 1943 Mensuel malgré la Gestapo et la police de Vichy Numéro Spécial (N° 21)

LE FRANC-TIREUR

Organe des Mouvements de Résistance Unis — Liberté - Égalité - Fraternité

Victoire de la Liberté

MUSSOLINI S'EFFONDRE! ET D'UN!

Français! Quelle joie furieuse, quel espoir doivent nous saisir en ces jours où le plus ancien des fascismes s'écroule avec Mussolini. Il a fallu quinze jours de guerre en Sicile, après le désastre foudroyant d'Afrique, pour que le régime de tyrannie et d'agression installé depuis vingt ans sur l'Italie par le chef

Après vingt ans, la première dictature fasciste s'écroule.

L'Axe est brisé, la débâcle de l'ennemi et des traîtres approche.

C'est le commencement de la fin.

C'est la vengeance des peuples qui s'annonce.

chef septuagénaire n'est là que pour préparer la reddition.

L'Italie qui n'a pas voulu se battre pour Mussolini et pour Hitler ne se battra pas plus pour le roi sans empire.

Il y a un an Mussolini comptait

Die Widerstandsbewegungen sensibilisieren die Bevölkerung durch Flugblätter und Untergrundzeitschriften.

Die Nürnberger Prozesse 1945–1946: 21 Nazis werden für ihre Verbrechen verurteilt.

Eingang von Birkenau (Auschwitz II), Ansicht von der Innenseite des Lagers.

1987 wurde Klaus Barbie in Lyon zu lebenslanger Haft wegen Verbrechen gegen die Menschlichkeit verurteilt.

Die heutigen russischen und nordamerikanischen Neonazigruppen sind geprägt von Hass und der Faszination der Zerstörung.

Lucie und Raymond Aubrac.

L'Observatoire
de la
diversité
culturelle
présente :
POÈMES ET CHANTS
DE LA
RÉSISTANCE EN EUROPE
HOMMAGE À LA FEMME RÉSISTANTE
samedi
25 août
à 18 h
Au parc
Entrée libre
Grand témoin : Madeleine Qdru
Interprètes : Fulvio Caccia, Ioana Craciunescu,
Colette Funfschilling, Gilles Despoisse,
Codrina Pricopaia, Piotr et Renata Sadkowski,
les collégiens et les lycéens des Lilas,
Chansons : Valentin Marceau et Marion Rouet (Boxon)
Martin Dages accompagné par Matthieu Zanon,
Innocencio Gomez
Mise en scène : Codrina Pricopaia
Ambiance musicale : Valentin Marceau
Renseignements :
www.combats-magazine.net
Istituto
Italiano
di
Cultura
Paris
ville
des
Lilas

Fotonachweise

S. 84 Foto Marthe Norgeu; S. 85 © Manuel Meszarovits/www.meszarovits.com; S. 86–87: Rechte vorbehalten; S. 88 oben: Getty Images © Stringer/AFP; S. 88 unten: Rechte vorbehalten; S. 89 Getty Images © Hulton Archive; S. 90–91 © Michel Zacharz; S. 92 © AFP/STF; S. 93 © AFP/William Thomas Cain; S. 94 © AFP/Mario Goldman; S. 95 © Mr Orange für den Verein »Observatoire de la diversité culturelle«.